Matinées littéraires.

DISCOURS D'INTRODUCTION

AUX ÉTUDES

SUR LA LITTÉRATURE

ANCIENNE ET MODERNE,

ET SUR

LA LECTURE A HAUTE VOIX,

PAR M. ED. MENNECHET.

PARIS.

IMPRIMÉ PAR BÉTHUNE ET PLON,

RUE DE VAUGIRARD, 36.

1841

ÉTUDES

SUR LA LITTÉRATURE

ANCIENNE ET MODERNE.

MATINÉES LITTÉRAIRES.

ÉTUDES SUR LA LITTÉRATURE ANCIENNE ET MODERNE.

Introduction.

Un missionnaire du siècle dernier, montant en chaire pour la première fois devant l'élite de la société parisienne, s'exprimait ainsi : « A la vue d'un auditoire si nouveau pour moi, il semble que je ne » devrais ouvrir la bouche que pour vous demander grâce en faveur » d'un pauvre missionnaire dépourvu de tous les talents que vous » exigez, quand on vient vous parler de votre salut. » Ne devrais-je pas, à l'exemple du père Bridaine, vous demander grâce en faveur d'un obscur missionnaire de la religion des lettres qui vient vous entretenir des objets sacrés de son culte? Une pensée cependant me rassure : c'est que les grands écrivains de l'antiquité et des temps modernes sont, pour la plupart d'entre vous, de ces vieilles connaissances, de ces anciens amis dont on aime toujours à entendre parler; et que les autres me sauront gré de leur faire connaître ces hommes du passé qui deviendront bientôt leurs amis les plus chers. Un espoir aussi m'encourage. Nous vivons dans un temps où l'ignorance n'est plus permise, et qui cependant offre peu de moyens faciles pour s'instruire et pour s'éclairer. L'instruction que trouve l'enfance dans les colléges, dans les pensionnats et dans l'intérieur des familles est nécessairement élémentaire, et les institutions du collége de France et de l'Université n'ont été fondées que pour donner à la jeunesse une seconde instruction, sans laquelle la première devient bientôt à peu près inutile. Là les plus habiles professeurs voient chaque jour la foule des étudiants se presser pour les entendre et recueillir le fruit de leurs doctes leçons. Mais ces leçons ne peuvent convenir à une classe nombreuse de la société. Les femmes d'ailleurs en sont exclues, comme s'il leur était interdit de pénétrer dans le sanctuaire des lettres, elles qui comptent dans leurs rangs des écrivains que leur envient les nôtres. Où donc trouver cette instruction spéciale aux gens du monde, cette instruction qui est pour eux la source des plus douces jouissances de l'esprit? Il faut la chercher dans des milliers de volumes, où de longs et pénibles travaux suffisent à peine pour la découvrir. Elle ne se trouve nulle part résumée dans un enseignement plus facile et moins grave que celui des universités, et c'est cet enseignement que nous avons voulu fonder par nos Matinées littéraires.

Parmi les personnes qui m'écoutent, il en est peut-être qui viennent chercher ici des notions sur l'art d'écrire, avec l'intention de s'y exercer elles-mêmes; il en est d'autres qui ne veulent qu'éclairer leur jugement, orner leur esprit et former leur goût; mais le plus grand nombre, dont le jugement, l'esprit et le goût pourraient donner des leçons au lieu d'en recevoir, n'ont besoin que de se souvenir. Je dois le dire à tous; les études littéraires qui vont nous occuper ne ressembleront point à ces traités de rhétorique, à ces cours de littérature où l'art d'écrire est formulé en règles et en préceptes : je ne vous dirai point comment se font les poëmes et les tragédies, mais je vous ferai connaître les chefs-d'œuvre de la poésie épique et du drame tragique. Une page de Démosthènes, de Cicéron et de Bossuet fait mieux comprendre l'éloquence que tous les traités sur l'art oratoire. L'exemple est le plus utile des enseigements. Le génie se révèle en présence du génie. Ce fut en contemplant un tableau de Michel-Ange, que Raphaël sentit qu'il était peintre, et peut-être est-ce à Corneille que nous devons Racine.

La nature dépose dans les âmes privilégiées le germe des grands talents; mais pour le faire éclore, il faut que l'art vienne en aide à la nature. Le terrain le plus fertile a besoin d'être cultivé. L'étude de l'art a donc son utilité; et si elle ne donne pas le génie, elle en fait du moins mieux sentir la grandeur et la beauté. Winckelmann prétend qu'en présence de l'Apollon du Belvédère, l'homme se redresse involontairement et prend une plus noble attitude. Ainsi la lecture d'un chef-d'œuvre est souvent la plus puissante des inspirations.

Vous donc qui désirez vous essayer dans l'art d'écrire, étudiez les grands écrivains : c'est le meilleur des traités de rhétorique. Et vous dont l'ambition ne va pas jusqu'à les imiter, étudiez-les également. Ils vous apprendront mieux que tous les enseignements à discerner le bien et le mal, le faux et le vrai, le néant et la grandeur dans les travaux de l'esprit humain.

C'est donc à l'étude des grands écrivains de l'antiquité et de nos jours, que seront consacrées en partie nos Matinées littéraires. Cette étude ne se composera pas seulement de l'examen critique et analytique de leurs ouvrages : elle comprendra encore sur leurs personnes des détails biographiques, et des aperçus moraux sur les temps où ils ont vécu. Disons pourquoi nous adoptons ces bases nouvelles dans l'appréciation des œuvres du génie. Et d'abord, qu'entendons-nous par examen critique? Gardez-vous de penser que par le mot *critique* nous comprenions uniquement l'art de trouver des défauts. Rien n'est plus funeste à encourager que cette perspicacité facile qui saisit le mal du premier coup-d'œil. Il est des esprits chagrins qui ne regardent jamais un tableau qu'avec le désir d'y reconnaître des fautes de dessin, qui ne prennent jamais un livre qu'avec l'espoir d'y découvrir des incorrections de style. Vainement les plus grandes beautés se multiplient sous leurs yeux; vainement le soleil les éblouit de ses rayons; ils ne veulent voir, ils ne voient que les taches! Plaignons-les de tout sacrifier à leur vanité de critique, et surtout gardons-nous de les imiter.

La critique, telle que nous la comprenons, est fille du bon sens et du bon goût; elle s'attache à reconnaître, à découvrir le mérite réel des écrivains, et tout en cherchant à nous garantir d'une vénération aveugle et irréfléchie, elle se complaît à éveiller en nous le sentiment du beau, en nous faisant partager son enthousiasme pour ce qui lui paraît digne d'admiration. La vraie critique, en un mot, est la balance où se pèsent les talents, c'est la pierre de touche qui nous apprend à ne pas confondre le clinquant avec l'or, l'ivraie avec le bon grain. Malheureusement, il n'est point de pays où la fausse monnaie ait plus de cours que dans le domaine de la littérature, et nous reconnaissons avec peine que de nos jours la saine et bonne critique est au nombre des réformes de notre siècle réformateur.

Si la critique littéraire n'est plus une boussole assez sûre pour diriger nos jugements dans l'appréciation des œuvres de l'esprit, qu'avons-nous de mieux à faire que de nous mettre en état de les juger nous-mêmes, d'après nos propres lumières, d'après nos propres impressions ?

Il est en outre d'une haute importance d'avoir formé son esprit et son goût à l'école des grands écrivains, si l'on ne veut pas rester étranger aux choses dont on s'occupe dans le monde et à la langue qu'on y parle. Le plus triste rôle à jouer parmi les hommes est celui de la nullité. Qui peut s'y résigner volontairement ? Et lors même qu'une timidité invincible nous condamne à le subir, ne trouvons-nous pas quelque consolation à notre isolement dans les jouissances intimes que donnent l'étude et le travail ? Quels amis valent ces livres qui sont là toujours prêts à répondre à notre appel, et qui ne nous abandonnent ni dans le malheur, ni dans la prospérité ? Nous n'avons qu'à tendre la main, et aussitôt Homère, Virgile, Horace, Corneille, Molière, Racine, nous enivrent tour à tour des parfums de leur poésie. La jeunesse s'en va, la vieillesse arrive ; nous les retrouvons toujours fidèles ; ils ont été nos guides, ils deviennent nos soutiens, et leur immortalité nous console de la mort et nous aide à mourir.

Et ne croyons pas que l'étude des œuvres du génie ne soit pour nous qu'un délassement et un plaisir. C'est en exerçant notre goût que nous développons notre intelligence. C'est en appliquant les règles du bon sens à l'examen des travaux de l'esprit que nous acquérons pour nous-mêmes cette haute raison qui est le plus noble apanage de l'humanité. Notre imagination, qui peut-être dort en nous comme le feu dans le caillou qui le recèle, peut s'enflammer à l'étincelle électrique qui jaillit des œuvres d'imagination. Notre cœur même y trouvera de nobles élans, de généreuses inspirations. Les sentiments élevés, les hautes vertus que la poésie, l'éloquence et l'histoire se plaisent à mettre sous nos yeux, ne peuvent pas être pour nous un vain spectacle. Les animaux sauvages perdaient leur férocité en écoutant la lyre d'Amphion, et les enfers même s'attendrissaient aux accents d'Orphée. Ces fables ingénieuses de l'antiquité seraient-elles sans application possible aux temps modernes? Les poètes étaient jadis les législateurs des peuples : ne seraient-ils de nos jours que leurs histrions? Si nous en sommes réduits à formuler cette affligeante question, nous devons le dire, ce n'est pas seulement la frivolité ou la corruption de notre civilisation moderne que nous devons en accuser. La poésie a souvent failli à sa mission, l'éloquence à ses devoirs. La religion, la morale, la vertu, ne sont plus les sources où le poète va puiser ses inspirations; il s'abreuve trop souvent aux eaux corrompues du vice et de l'impiété, où le goût se perd, où la raison périt.

Que faire donc pour échapper au poison que souvent on pare de formes séduisantes? C'est à une critique morale autant que littéraire que nous aurons recours pour nous conduire et nous éclairer. Nous chercherons, son flambeau à la main, à distinguer ce qui est digne de blâme ou d'admiration parmi les travaux de l'esprit humain. Et, dans cette recherche, nous demanderons compte aux hommes qui les ont accomplis, non-seulement de ce qu'ils ont fait, mais encore de ce qu'ils ont été. Nous demanderons à leur vie le secret de leurs œuvres : nous remonterons le cours du fleuve depuis son embouchure jusqu'à sa source, afin de découvrir la cause des variations et dans la rapidité de sa marche et dans la limpidité de ses eaux.

Il existe dans notre langue des cours de littérature où la critique la plus judicieuse et la plus approfondie ne laisse rien à désirer dans l'appréciation des ouvrages des grands écrivains. On les a analysés, commentés, comparés avec un soin minutieux. Mais la critique s'est presque toujours bornée à l'examen des œuvres ; elle a négligé l'étude de l'homme ; elle a dédaigné de pénétrer dans les secrets de l'organisation intellectuelle, comme le scalpel du chirurgien fouille dans les mystères de l'organisation physique. Aussi s'est-elle presque toujours contentée de formuler son blâme ou son approbation d'après des règles générales sous le niveau desquelles elle force toutes les têtes à se courber. C'est le lit de Procuste appliqué à l'intelligence.

Comment procèdent la plupart des cours ou traités de critique littéraire? Ils commencent par établir sur chaque branche de littérature les préceptes que l'usage a consacrés, puis ils passent en revue les divers ouvrages qui en font partie, et le jugement qu'ils en portent se formule d'après les principes qu'ils ont posés, comme étant sous ce rapport la législation souveraine et absolue. Cette manière de juger les œuvres des hommes, et par conséquent les hommes mêmes, a ses avantages en ce qu'elle soumet à des lois fixes et invariables les travaux de l'imagination. Sans doute il faut des lois et des lois sévères pour contenir les passions humaines, parce que le désordre des passions est un fléau pour la société ; mais l'Imagination, cette fille du ciel, veut être libre et indépendante. La seule loi que la société lui impose, c'est de ne jamais oublier sa céleste origine. Combien nous préférons ces jeux de la Grèce où la jeunesse d'Athènes, à peine vêtue, venait se disputer à la course le prix d'une vigoureuse agilité, à ces ignobles joûtes où, après avoir enfermé les jambes du coureur dans un sac, on lui dit : Cours! quand il ne peut pas même marcher! Que fait-il?.Il tombe au milieu de la risée publique : aussi n'est-ce jamais un laurier qui l'attend.

Laissons donc l'aigle monter vers le soleil, laissons l'oiseau voltiger dans la plaine, laissons l'insecte ramper sous l'herbe; ne demandons point à l'abeille qui va de fleur en fleur composer son miel, de fendre l'air comme l'hirondelle qui saisit au vol son invisible proie. Chacun ici-bas a sa route tracée de la main de Dieu. Malheur à celui qu'on en éloigne, ou qui s'en écarte!

La critique littéraire nous semble pouvoir être envisagée sous un nouvel aspect. Quand nous soumettrons un ouvrage à son examen, nous aurons soin qu'il lui soit toujours présenté par l'auteur. Peut-être trouvera-t-elle dans le récit qu'elle lui demandera des principaux événements de sa vie, dans sa physionomie, dans son costume même, l'explication de la nature de son talent, de la forme de ses compositions, de la couleur de son style et du mouvement de ses idées. C'est vainement qu'on veut séparer l'homme de ses ouvrages. Comment supposer qu'un écrivain, au moment où il prend la plume, puisse se dépouiller des pensées qui l'agitent, des passions qui le dominent, pour revêtir des idées, des sentiments qui lui sont étrangers? La griffe du tigre se fait sentir sous le velours qui la couvre; le caractère de l'écrivain se révèle dans ses écrits. Ayons donc soin d'étudier ce caractère dans les phases diverses de sa vie. S'il fut malheureux, persécuté, trahi, ne nous étonnons point de l'entendre accuser l'humanité, la calomnier même : le son qui s'échappe d'un instrument brisé ressemble plutôt à un gémissement qu'à une harmonie. Il est peu d'hommes de génie qui n'aient eu à lutter contre l'infortune. L'infortune semble pour les écrivains une des conditions de la gloire. Ne sera-ce pas pour nous une étude d'un haut intérêt que celle du cœur humain prise dans ses plus nobles acceptions? Lors même que la vie d'un poète n'aurait aucun rapport avec ses œuvres, il me semble qu'une vive curiosité s'attache à tout ce qui porte un caractère de grandeur, une empreinte de gloire. Dans l'histoire, il ne nous suffit pas de savoir qu'une bataille est gagnée, nous voulons encore connaître le vainqueur; dans les arts, après avoir admiré l'œuvre, nous cherchons le nom de l'artiste. Dans les lettres notre intérêt va plus loin : les contrastes ou les rapports qui existent entre l'homme et ses ouvrages forment l'étude la plus attachante du cœur humain. On aime à voir les esprits supérieurs qui dominent par la pensée, descendre, par la simplicité de leurs goûts et la bonhomie de leurs caractères, au niveau du reste des hommes. La vie des hommes de génie est la leçon la plus utile : on y voit ce que peuvent la persévérance et le travail pour le développement des facultés de l'intelligence. On y trouve le secret de triompher des obstacles et des dégoûts que suscite la jalousie envieuse de la médiocrité. Faut-il l'avouer? Tel est l'esprit humain, que nous éprouvons une sorte de consolation de la supériorité intellectuelle des grands écrivains, par le spectacle des faiblesses de leur vanité. Nous voyons un triomphe pour nous dans leurs travers, dans leurs ridicules, dans leur misère même; et l'impuissance où nous sommes de nous élever jusqu'à eux par le génie, fait que nous prenons un malin plaisir à les voir s'abaisser jusqu'à nous par les misères de l'humanité.

A Dieu ne plaise qu'un pareil sentiment nous anime dans nos études biographiques et littéraires. Loin de là, nous serons toujours heureux de voir le front d'un grand écrivain ceindre la double couronne du génie et de la vertu.

Les événements qui se passent sous les yeux d'un poète, la nature des lieux qu'il habite, l'air même qu'il respire, ont une influence directe, une action puissante sur ses idées, sur ses impressions, sur son style, sur son génie enfin. C'est là une étude trop négligée jusqu'à ce jour dans l'appréciation des grands écrivains. L'eau d'un fleuve réfléchit les nuages de son ciel et les paysages de ses rives. Il en est ainsi de l'âme du poète, soit qu'il cherche ses inspirations dans la nature extérieure, soit qu'il les trouve dans sa propre nature. Tout s'empreint à ses yeux des couleurs du ciel qu'il contemple; tout s'anime en ses vers des émotions de son âme. Aussi ne demandons point aux poètes du nord les molles et suaves harmonies du midi, ni au peintre qui vit au sein des tempêtes politiques le riant tableau d'une existence douce et paisible. Nous pouvons juger par nous-mêmes quelle est l'influence des sites et des événements. Rappelons-nous combien nos impressions diffèrent devant les hautes montagnes des Alpes ou dans les prés fleuris de la Touraine, en présence des agitations populaires de la rue ou dans le calme intérieur de la famille. Le poète, moins que tout autre, peut se défendre contre l'action qu'exercent sur lui l'aspect des lieux et le spectacle des événements; car son âme en reçoit une impression plus vive et plus profonde. Comment ses conceptions, ses idées, son style même pourraient-ils ne pas s'en ressentir?

Les lois, les mœurs, les croyances surtout, ne sont pas moins à étudier que les lieux et les événements, dans l'appréciation du génie d'un poète. Comment pourrions-nous être justes à son égard, si dans l'examen de ses œuvres nous nous plaçons à un point de vue différent du sien? Sans doute, il est des beautés si universelles, si éternelles, que toutes les intelligences peuvent les comprendre et les admirer. Comme le soleil, elles éclairent le monde. Mais on trouve encore chez les différents poètes un genre de beauté qui leur est spécial, et qui tient au caractère particulier de leur siècle et de leur pays. Ces beautés de second ordre nous font un devoir d'étudier les objets auxquels elles se rapportent, si nous voulons qu'elles ne nous échappent pas. C'est ainsi qu'après avoir embrassé d'un coup-d'œil l'imposante et sublime immensité des mers, nous aimons à suivre du regard la barque du pêcheur qui fuit à l'horizon.

Cette manière, peut-être nouvelle, d'envisager la littérature des différents siècles et des différents pays aura pour nous cet avantage qu'elle nous permettra de juger l'influence des lettres sur les destinées des hommes et des empires. Les hommes d'un vrai génie ne nous semblent pas naître au hasard sur la terre. Ils ont leur mission providentielle ; ils sont autant de fanaux que la main de Dieu place çà et là parmi les hommes pour les éclairer. Quand il les refuse à une nation, c'est qu'il veut qu'elle meure, car les grands écrivains ne sont pas seulement la gloire d'un peuple, ils en sont l'âme et la vie ; ils en sont même l'immortalité !

Si nous devons nous écarter des règles ordinaires dans l'appréciation des œuvres du génie, nous ne suivrons pas plus, dans la manière de vous les faire connaître, l'exemple de la plupart des cours de littérature. C'est par l'analyse et la critique qu'ils procèdent, et il nous semble que le moyen le plus sûr et le plus facile de prouver les beautés d'un livre, c'est de les montrer. La description la plus détaillée de la Vénus de Médicis en apprend moins qu'un seul regard jeté sur la statue. Nous remplirons auprès de vous l'office des Cicérone qui, voulant faire admirer leur ville ou leur pays aux voyageurs, se hâtent de les conduire aux plus beaux monuments et aux sites les plus pittoresques. Comme eux, nous choisirons ce qui nous paraîtra le plus digne de fixer nos regards ; vous aurez ensuite, à l'aide de ces fragments épars du génie d'un poète, à le comprendre en son entier, à l'exemple de ces architectes auxquels il suffit de quelques pierres mutilées pour reconstruire, sur le papier, tout l'ensemble d'un monument.

Si, comme nous l'avons dit, nous nous refusons à poser d'avance des lois, des règles, des principes, pour mesurer les œuvres du génie, comme on mesure la taille des conscrits, ne devons-nous pas chercher un drapeau sous lequel nous puissions nous rallier, afin d'éviter la confusion dans nos jugements et le désordre dans nos idées ? Ne trouverons-nous pas une boussole pour nous guider à travers les mers orageuses de l'imagination et du caprice ? Quel sera ce drapeau ? Quelle doit être cette boussole ? C'est le goût.

Qu'est-ce que le goût ? On a dit que le goût était la faculté de se plaire aux beautés de la nature et de l'art. Cette définition ne nous satisfait point complétement ; et pourtant le mot *goût* a été emprunté à l'un de nos sens, pour indiquer que le goût au moral devait être le résultat d'un sentiment intime de notre esprit, comme il l'est, au physique, de la sensation que reçoit notre palais. L'enfant encore inculte, le paysan grossier, éprouvent une sensation de plaisir à la vue d'un beau spectacle, au récit d'une aventure intéressante. Quelle différence existe-t-il donc à cet égard entre l'enfant et l'homme fait, entre le paysan et l'homme instruit? C'est que les uns aiment et admirent sans savoir pourquoi, par sentiment, et que les autres se rendent compte de leur admiration et de leur amour, par le raisonnement. Nous pensons donc que le goût peut être défini : le Sentiment d'accord avec la Raison. Nos sentiments étant plus ou moins vifs, d'après notre nature, et notre raison plus ou moins développée, selon notre éducation, il s'ensuit que chez les hommes le goût est plus ou moins juste, plus ou moins pur, plus ou moins éclairé; il s'ensuit encore, d'après la grande loi de la nature humaine, qui veut que toutes nos qualités morales et physiques se perfectionnent par l'exercice, que notre goût, comme toutes nos autres facultés, est susceptible de culture et de progrès. Il est donc possible de former son goût. Par quel moyen? Le voici.

Lorsqu'un tableau est mis tout à coup devant nos yeux, il nous est impossible d'en discerner immédiatement les défauts et les beautés; nous en recevons une impression générale qui fait qu'au premier coup-d'œil le tableau nous plaît ou nous déplaît. Mais donnons-nous le temps, après en avoir embrassé l'ensemble, d'en examiner les détails, et de les comparer d'abord avec nos souvenirs, puis avec la nature. Alors se dissipe peu à peu le brouillard qui rendait notre jugement confus et incertain. Les beautés nous apparaissent dans tout leur jour, les défauts ne peuvent nous échapper, et nous pouvons alors prononcer notre opinion en pleine connaissance de cause. Recommençons ce travail sur deux, trois, quatre, dix, vingt tableaux différents, et bientôt nous obtiendrons par cette étude comparative le sentiment du vrai beau en peinture ; et ce sentiment, c'est le goût.

Supposons maintenant qu'il s'agisse d'un poème, et non d'un tableau. L'ensemble nous frappera d'abord par la grandeur du sujet ou l'intérêt de la fable. Nous chercherons ensuite si cette fable est bien conduite, et si toutes les parties qui la composent se lient entre elles avec vraisemblance; puis nous verrons si les caractères sont bien pris dans la nature, si les sentiments sont en rapport avec les caractères, et si le style est en harmonie avec les sentiments. Cet examen répété sur plusieurs poèmes nous permettra, en les comparant les uns aux autres, de bien comprendre le plaisir qu'ils nous font éprouver. Nous ne saurons pas seulement qu'un poème nous plaît, nous saurons encore pourquoi il nous plaît. Nous aurons mis d'accord notre sentiment et notre raison; nous aurons formé notre goût.

Le goût, étant une affaire de sentiment et de raison tout à la fois, se distingue par deux qualités principales : la délicatesse et la pureté. La délicatesse vient du sentiment, la pureté tient à la raison. Il en résulte que, parmi les personnes de goût, les unes penchent pour la délicatesse, les autres pour la pureté, selon que chez elles le sentiment l'emporte sur la raison ou la raison sur le sentiment. La délicatesse du goût sent mieux les beautés de la nature; la pureté du goût est plus sensible aux combinaisons de l'art. L'une reconnaît plus vite la réalité du mérite dans un ouvrage, l'autre en découvre plus aisément la fausseté. Heureux celui dont le goût réunit la délicatesse à la pureté, le sentiment à la raison!

Une objection s'élève contre ce que nous venons de dire sur le goût, et nous ne vous en dissimulons point la gravité. Si le goût s'appuie sur le sentiment et la raison, deux choses qui semblent immuables, comment se fait-il que le goût change, non-seulement de siècle en siècle, de pays à pays, mais encore d'année en année, de ville à ville? A quel signe reconnaître le véritable goût? Le goût peut-il être une loi souveraine et universelle qu'on doive appliquer indistinctement à tous les peuples, à tous les âges? La mode n'est-elle pas une affaire de goût? Et qu'y a-t-il de plus changeant que la mode? Sur quelles bases établir les règles du goût, lorsque depuis les temps anciens jusqu'à nos jours les hommes de génie ont écrit sous des inspirations si diverses et pour des nations si différentes de mœurs et de religion?

Il existe chez les hommes, à quelque siècle, à quelque pays qu'ils appartiennent, un sentiment inné du grand et du beau, que la raison développe et murit; oui le goût existe, indépendant des temps et des lieux, et il est des signes irrécusables auxquels on doit les reconnaître. Lorsque nous voyons les hommes de tous les pays et de tous les siècles reconnaître hautement qu'une chose est grande et belle, elle l'est réellement. Le goût, c'est la sanction des âges, c'est l'arrêt de l'humanité.

Disons-le donc avec confiance, le goût n'est pas un principe arbitraire, capricieux et variable. Il a les mêmes bases dans tous les esprits, la nature et la vérité. Laissons déclamer sur les caprices et l'incertitude du goût, et reconnaissons que le cœur de l'homme a des cordes que l'on ne touche jamais en vain, et qu'il est des beautés éternelles qui brillent à toutes les intelligences, comme le soleil à tous les yeux.

Ainsi, dans l'appréciation des œuvres du génie, nous ne séparerons point l'homme de ses écrits, ni des temps et des lieux où il a vécu. Nous nous ferons les concitoyens, les contemporains de ces puissants génies qui ont éclairé le monde, afin de les mieux comprendre, et de les voir de plus près qu'à travers les siècles. Nous nous transporterons à Athènes, à Rome, partout où la gloire des lettres brillera à nos yeux d'un plus vif éclat, afin d'en mieux pénétrer les mystérieuses inspirations. Souvent même une forme dramatique viendra à notre aide pour rendre moins sèche et moins aride la critique littéraire ; nous tâcherons, en un mot, de suivre le conseil de l'écrivain le plus judicieux de l'antiquité, de Plutarque.

« Les jeunes gens et les jeunes personnes, nous dit-il, prennent plus de plaisir, obéissent plus volontiers, et se laissent plus facilement entraîner aux discours de la philosophie, qui tiennent moins du philosophe, et qui semblent plutôt être dits en jouant qu'à bon escient. Quand ils reçoivent l'instruction parmi des contes faits à plaisir, ils sont, par manière de dire, ravis d'aise et de joie. »

Pénétré de cette vérité, nous avons mis tous nos soins à nous dépouiller de la gravité des écoles ; et, sans prétendre à vous ravir d'aise et de joie, comme le veut le philosophe de Chéronée, notre ambition sera satisfaite si nous parvenons à vous inspirer quelque intérêt pour nos études, et quelque bienveillance pour nous-même.

ÉTUDES

SUR

LA LECTURE A HAUTE VOIX.

ÉTUDES

SUR LA LECTURE A HAUTE VOIX,

LE DÉBIT ORATOIRE,

ET LA DÉCLAMATION DRAMATIQUE.

Introduction.

Si la parole n'était que la pensée rendue sensible à l'oreille par des sons articulés, elle ne serait qu'une invention humaine, comme l'écriture, qui la rend visible aux yeux par des caractères tracés. Mais il faut bien se garder de confondre, comme on l'a fait souvent, la parole avec le langage. La faculté de produire et de moduler des sons par les organes de la voix nous a été donnée avec l'intelligence, avec la vie : la parole est un don de Dieu. L'art de combiner ces sons, au moyen d'articulations distinctes, est né pour nous du besoin de vivre en société : le langage est une convention des hommes. L'instrument est de création divine, l'usage est d'invention humaine.

Le privilége d'articuler des mots, à l'aide de l'instrument de la voix, semble appartenir à l'homme seul, parmi les êtres de la création ; et c'est à l'homme encore qu'il a été donné d'ajouter à la puissance du langage, ou de suppléer à son insuffisance par des signes extérieurs et visibles. Ces signes sont le regard, la physionomie, l'attitude et le geste.

Cette seconde manière d'exprimer nos pensées et nos sentiments, qu'on nomme pantomime, est trop intimement liée à la première pour qu'on puisse les séparer. Le débit oral, ou l'élocution, est sans doute indépendant de la pantomime, et la pantomime peut également, sans l'aide du langage, servir d'interprète à la pensée ; mais ils se prêtent un mutuel secours, et l'âme ne recevrait qu'une sensation incomplète, si les sens de l'ouïe et de la vue n'étaient affectés qu'isolément. Il importe donc de réunir l'action à l'élocution, la pantomime au langage, pour que la pensée arrive pleine et entière, de l'homme qui parle à l'homme qui écoute.

Nous aurons à étudier ce qui peut donner à la parole toute sa force, au langage toute sa puissance, à la pantomime toute son expression. Mais, avant d'aborder ces études, n'avons-nous pas quelques questions à résoudre ? Ne convient-il pas, lorsque je me hasarde à vous entretenir de l'art de la parole, de chercher avant tout s'il est possible de l'enseigner, et s'il est utile de l'apprendre. Ne semble-t-il pas, à l'indifférence qu'on attache dans le monde à l'étude de cet art, que la nature doive seule faire les frais de son enseignement ? On se persuade généralement que l'homme parle comme il marche, et qu'il lui suffit, pour parler comme pour marcher, des leçons qu'il reçoit dans son enfance de sa mère ou de sa nourrice. C'est là une grave erreur. L'art de parler est peut-être de tous les arts celui dans lequel les mauvaises habitudes sont le plus funestes et se prennent le plus aisément. On a peine à comprendre la négligence qu'on met à s'occuper d'un art qui est la source des succès dans le monde, et sans lequel se trouvent presque perdues les plus nobles qualités du cœur et de l'esprit.

Mais cet art de la parole, qui renferme la lecture à haute voix, la conversation, le débit oratoire et la déclamation dramatique, peut-on l'apprendre ? Peut-on l'enseigner ?

Pour répondre à la première question, il suffit de jeter un regard sur notre nature. Quelle est la faculté de notre esprit que l'étude ne développe et n'agrandisse pas ? L'art du débit oral est-il autre chose que l'application des facultés de notre intelligence au perfectionnement de l'instrument du langage et du jeu de la pantomime ? Pourquoi donc le talent de lire, de parler, de déclamer, ne pourrait-il pas s'acquérir et s'accroître comme celui de chanter, de danser, de

peindre; en un mot, comme tout autre art, comme toute autre science?

Il est vrai que la nature, si prodigue de ses dons envers l'espèce humaine, n'a point fait les parts égales entre ses enfants; mais elle a laissé à tous la possibilité de réparer par l'étude, l'exercice et le travail, l'injustice de ses préférences. Si Dieu n'a pas voulu que la perfection fût ici bas le partage de l'homme, il lui a du moins permis d'en approcher, en lui donnant l'intelligence et la volonté. Par malheur, cette intelligence n'est pas toujours juste, cette volonté n'est pas toujours ferme. Souvent même nous les employons contre nous, et il n'est pas rare de voir que l'on se donne plus de peine pour s'éloigner du but, qu'il n'en faudrait pour y atteindre.

Le voyageur qui pénètre dans quelques sauvages contrées de l'Amérique, observe que les hommes ont la tête ou aplatie au sommet, ou allongée en forme conique; il en conclut d'abord que ce sont là des vices de conformation dont la nature seule est coupable. Mais quand on lui a dit que là, au moment où naît un enfant, on lui déprime le sommet de la tête pour l'aplatir, et qu'ici on la lui moule en forme de pain de sucre, d'après une fausse idée de la beauté, il ne s'étonne plus que de la folie des hommes qui adoptent des coutumes si absurdes. Combien ne doit-on pas s'étonner davantage de voir une nation civilisée comme la nôtre persévérer dans les habitudes funestes qui, dès l'enfance, déforment, compriment et dénaturent une des plus nobles facultés de l'homme, un des plus précieux bienfaits de la divinité, la parole!

Comment peut-on apprendre à bien parler? En apprenant à bien lire. Aussi est-ce par la lecture à haute voix que nous commencerons nos études sur l'art de la parole. Assurément, le talent de bien parler mérite d'être placé au-dessus du talent de bien lire; et cependant il semble que le nombre des bons lecteurs soit plus restreint encore que celui des bons orateurs. C'est un fait facile à constater. Il est peu de personnes qui ne sachent pas, en présence d'un ami, s'exprimer sur un sujet qui les intéresse, avec la variété de tons, de physionomie et de gestes qu'il comporte. Ecrivons ensuite ce qu'elles auront dit et prions-les de le lire. Nous ne retrouverons ni les mêmes intonations, ni la même pantomime: tout sera changé. L'effet sera certainement moindre, s'il n'est pas complétement nul. Que sera-ce donc, si au lieu d'avoir à lire nos propres sentiments, nous servons d'interprètes aux pensées des autres!

D'où vient qu'il est plus difficile de bien lire que de bien parler? Le voici :

La lecture a deux buts principaux : elle aide à s'instruire ou à s'amuser; elle aide à instruire ou à amuser les autres. Quand on lit pour soi, peu importe de bien lire. En France, aujourd'hui, on lit peu et surtout on lit mal. On lit sans choix, sans discernement, sans fruit. Un ouvrage, vraiment digne d'estime, ne se débite qu'à un petit nombre d'exemplaires; et il faut de hautes réputations littéraires pour forcer l'entrée des bibliothèques. Ce qui empêche de lire aujourd'hui, c'est la situation actuelle des esprits; c'est cette agitation constante qui ne leur permet pas de se fixer; c'est ce flux et reflux des opinions qui laisse à peine le temps de réfléchir; c'est cette préoccupation, inévitable dans les temps de révolution, qui tourmente les hommes, les uns par l'inquiétude, les autres par l'espérance; ceux-ci par la cupidité, ceux-là par l'ambition; tous par l'égoïsme et la peur. Mais ce n'est point de cette lecture qu'on fait pour soi que nous avons à nous occuper, c'est de la lecture à haute voix qui entraîne l'obligation de bien lire.

Quelles sont les conditions d'une bonne lecture? Nous les réduirons à cinq principales. Il faut :

1° Que la prononciation des mots soit nette et distincte;

2° Que les repos de la parole soient nécessaires ou motivés;

3° Que les intonations et inflexions de la voix soient justes;

4° Que le mouvement de la diction soit mesuré sur le sens des mots;

5° Que l'expression des gestes et de la physionomie soit naturelle.

De ces cinq conditions, la première et la seconde sont les seules que l'écriture indique au lecteur. L'arrangement des lettres détermine la prononciation des mots : certains signes convenus fixent les repos. Mais ces lettres même sont loin de suffire aux exigences d'une bonne prononciation, car peu de mots se prononcent comme ils s'écrivent; et les signes de repos sont tellement insuffisants qu'ils sont devenus une des principales causes des vices de la lecture à haute voix.

Les plus graves difficultés de la lecture à haute voix naissent de l'écriture que nous ont transmise les Grecs et les Romains. Comme en Grèce les poésies et les discours étaient ou improvisés ou récités de mémoire, on négligea de donner à l'écriture des caractères propres à diriger le lecteur à haute voix dans les intonations et dans les mouvements de son débit. L'écriture n'a fait depuis aucun progrès à cet égard. Tout est laissé à l'intelligence et au sentiment du lecteur pour captiver l'esprit, émouvoir le cœur et charmer l'oreille de ceux qui l'écoutent. Il faut, au moment même où son regard rencontre un mot, qu'il en pénètre le sens et l'intention; il faut que sa voix obéissante trouve spontanément l'inflexion et le mouvement qui correspondent à la pensée de l'écrivain; il faut que son geste et sa physionomie se prêtent à toutes les exigences de sa lecture; il faut enfin qu'il se transforme dans un autre, et que le lecteur et l'auteur ne paraissent plus qu'une seule et même personne.

C'est là, messieurs, ce qui rend si difficile la tâche du lecteur à haute voix. Dans la musique, tout est noté, le mouvement, les intonations et les repos; et cependant, malgré de longues études, combien peu de musiciens savent chanter à livre ouvert! La lecture à haute voix, qui n'a pour se guider que l'intelligence du lecteur, offre donc encore plus de difficultés. L'habitude de lire et la connaissance des règles peuvent seules en triompher.

Ces règles, il faut les connaître; cette habitude, il faut la prendre de bonne heure. Malheureusement, rien de plus défectueux que le système de lecture à haute voix adopté pour l'enfance. Il est rare que, dans le premier âge, on s'attache à lui faire connaître autre chose que la valeur des lettres et les résultats de leurs combinaisons. Plus tard, dans les colléges ou dans les pensionnats, on lui fait tout débiter sur le même ton avec une imperturbable égalité de mouvement. De là vient que les enfants ne s'habituent point à penser à ce qu'ils lisent, ni plus tard à ce qu'ils disent. Les vices de lecture deviennent des vices de langage. Ils parlent mal parce qu'on les a mal fait lire. Pourquoi le talent de bien lire peut-il conduire au talent de bien parler? Ce n'est pas assurément que les idées viendront plus aisément et plus abondamment à la personne qui sait lire qu'à celle qui ne le saura point; mais elle les exprimera avec plus de facilité, plus de justesse, plus d'élégance et plus d'énergie. Elle aura l'expérience des inflexions de voix qui charment l'oreille, et elle saura les employer à propos. La conversation est une lecture dialoguée dont le livre est la pensée même de celui qui parle : il lui importe donc que sa pensée soit revêtue et ornée des formes qui peuvent la rendre agréable à ceux qui écoutent. C'est surtout dans la conversation qu'il ne suffit pas de dire de bonnes choses; il faut encore les bien dire. L'oreille doit être flattée, afin que le cœur soit ému. La couleur n'est pas moins nécessaire que le dessin à la peinture, et l'élocution est le coloris de la conversation.

L'éloquence de la chaire, du barreau et de la tribune, n'étant, comme la déclamation dramatique, qu'une conversation plus animée, plus vive, plus passionnée, le talent de bien exprimer les pensées des autres doit nécessairement conduire au talent de bien exprimer les siennes. Nous ne prétendons point qu'un bon lecteur doit être un bon orateur ; mais nous affirmons que l'orateur qui sait bien lire a, en parlant, un grand avantage sur celui qui ne le sait pas.

Si nous n'avons point destiné à l'enfance ces études sur l'art de lire et de parler, nous espérons cependant qu'elle en profitera par les conseils et les exemples que pourront lui donner les personnes qui ne dédaigneront pas de se joindre à nous dans l'examen d'un art si utile et si négligé. Nous entendons partout se plaindre du petit nombre de bons lecteurs : comment se fait-il alors que personne ne songe à acquérir un talent dont l'absence paraît si regrettable? On convient sans peine de son agrément, de son utilité; on reconnaît qu'il est le complément nécessaire d'une bonne éducation ; on avoue que c'est un tort, bien plus, que c'est un ridicule que de ne pas savoir lire ; et personne ne prend la peine d'apprendre ce qu'il est agréable de savoir et ce qu'il est honteux d'ignorer ! D'où vient cela? C'est que, par malheur, on ne comprend l'avantage de bien lire qu'à l'âge où il répugne d'apprendre, à l'âge où le temps manque pour l'étude, absorbé qu'il est par les affaires ou les plaisirs. On finit alors par se persuader que l'art de la lecture à haute voix n'est si négligé que parce qu'il est trop difficile, et on préfère y renoncer.

J'ose affirmer ici qu'il n'est personne, quels que soient les vices de nature ou d'habitude de sa prononciation et de son organe, qui ne puisse, avec un peu de travail, des conseils, et quelque bonne volonté, acquérir en peu de temps les qualités d'un bon lecteur. Si l'on peut faire plaisir en chantant, même sans une voix harmonieuse, par la seule puissance du talent, combien de ressources peut offrir à l'organe le plus ingrat la connaissance des principes qui constituent l'art de bien lire! Nous en avons eu la preuve, il y a peu d'années, au collége de France. M. Andrieux, qui nous a laissé d'élégantes comédies et des contes charmants, y professait la littérature. La salle des cours était assez vaste, et le public s'y pressait en foule. Ce n'étaient pas seulement des étudiants qui y apportaient leur turbulence habituelle; des gens du monde, des fonctionnaires de l'état, y venaient avec leurs distractions accoutumées; des femmes même s'empressaient d'y montrer l'élégance de leur toilette. Les cours de M. Andrieux étaient à la mode : on voulait entendre M. Andrieux. Lorsqu'à grand' peine on était parvenu à se placer sur les bancs, sur les chaises et jusque sur les marches de l'estrade du professeur, on voyait se glisser à travers la foule un petit homme, déjà vieux, dont les traits étaient empreints de cette laideur spirituelle qui, chez les hommes, est souvent préférable à la beauté. Il avait peine à gravir les degrés de l'estrade où sa présence était attendue; mais à peine l'avait-on reconnu, qu'un tonnerre d'applaudissements proclamait son arrivée : il saluait en souriant le public qu'il interrogeait du regard, pour y chercher des visages amis; puis il déroulait son manuscrit, car il se permettait rarement l'improvisation, disant que si le professeur y gagne, l'enseignement y perd, et qu'une leçon n'est pas une affaire de vanité, mais d'utilité. Aussitôt qu'un geste de sa main avait réclamé le silence, le silence se faisait comme par enchantement, non ce silence de théâtre, entremêlé de chuchottements et de ces mille petits bruits qui se perdent dans l'étendue d'une salle de spectacle, mais ce silence qu'on ne trouve guère que parmi les figures de cire de Curtius. Pas un mot, pas un murmure, pas un mouvement. Les rhumes même se taisaient, quand M. Andrieux allait parler. Et pourquoi ce privilége que réclament vainement ceux qui parlent en public? Le voici. Des trois voix que l'homme possède, M. Andrieux n'en avait aucune. Eh bien, l'attention de l'auditoire était si muette et si immobile, que ce professeur sans voix parvenait, grâce à la netteté, à la précision, à la pureté de sa diction, à se faire entendre parfaitement jusque dans les parties les plus éloignées de la salle. Son habileté était telle qu'il faisait deviner et sentir des intonations qu'il ne donnait pas. La variété de son débit se manifestait à la fois dans sa physionomie et dans ses gestes, et suppléait tellement à l'absence de sa voix, qu'on finissait par lui en croire une. On l'écoutait des yeux. On ne respirait pas de peur qu'un souffle étouffât ses paroles. C'était le triomphe de l'art sur la nature. Et jamais la nature seule n'aurait pu obtenir un plus beau triomphe que cette profonde émotion qui ne permettait pas de respirer.

Ainsi, ce qui importe le plus pour se faire entendre, ce n'est pas de posséder une voix forte et puissante, c'est de savoir tirer parti de celle qu'on a, quelque défectueuse qu'elle soit. On peut toujours y parvenir à l'aide de certaines règles et de certains principes qui sont à la portée de tout le monde. Ces règles, ces principes, nous les dirons. Sans doute, l'enseignement d'un art si indéterminé, si insaisissable, présente des difficultés dans l'exécution. C'est d'ailleurs la première fois que de nos jours on en fait l'objet d'un enseignement spécial. Lorsque tout est nouveau, tout est incertain. Mais avant de me présenter devant vous, j'ai consulté l'expérience des siècles, j'ai interrogé tous les hommes qui se sont occupés de l'art de la parole; leurs recherches ont éclairé les miennes, leur travail a guidé le mien. Plein d'amour pour un art dont l'abandon me paraît coupable, plein de confiance surtout dans votre bienveillance, je m'efforcerai, dans ces études sur la lecture à haute voix, de joindre l'exemple au précepte, et j'aurai soin, autant qu'il dépendra de moi, de racheter la sécheresse des études théoriques par un choix de lectures qui, je l'espère, ne seront pas sans intérêt. Si je ne puis parvenir à vous faire aimer un art si digne d'occuper vos loisirs, ce sera ma faute, et non celle de l'art lui-même. Ce qui me rassure, c'est que vos lumières suppléeront à celles qui me manquent. Toute mon ambition est de vous mettre sur la voie, comme le pilote qui aide le navire à sortir du port, et le laisse ensuite voguer de lui-même dans l'immensité.

Permettez-moi maintenant de joindre à ces observations, peut-être trop longues, le récit de ce qui s'est passé, il y a quelques années, dans un château voisin de la capitale.

LECTURE D'UNE TRAGÉDIE.

Dans un riant château, dont je dois à vos yeux
Cacher discrètement le nom mystérieux,
Par un beau soir d'été se trouvait réunie
Ce qu'on nomme, je crois, la bonne compagnie.
Le hasard, qui de tout me paraît se mêler,
Avait, dans ce château, pris soin de rassembler,
Comme jadis Noé dans son arche sacrée,
Des grands hommes du jour la foule bigarrée.
Un pair, du Luxembourg immobile ornement,
Avec un député discutait humblement,
Cherchant à lui prouver, dans la France légale,
Que des pouvoirs égaux la puissance est égale...
Un conseiller-d'Etat, un président de cour
Parlaient sans s'écouter, mais chacun à son tour
Le Clergé, le Barreau, l'Institut et l'Armée
Avaient envoyé là plus d'une renommée;
On y comptait encor trois femmes, beaux esprits....
C'était à la campagne un salon de Paris.

Qui le croirait? Aux champs tout plaît, hors la nature....
Tout est amusement, tout, même une lecture.
De cinq actes en vers les tragiques attraits
Des plaisirs du salon devaient faire les frais.
L'auteur, qui du fauteuil, où dorment ses confrères,
Combat résolument les vertus somnifères,
Etait de nos quarante un des plus renommés.
Aussi les invités d'avance étaient charmés.
Le poète (et c'est là notre commune histoire)
Caressait du regard son nombreux auditoire;
Et ce regard disait à tous en même temps :
« Vous avez trop d'esprit pour n'être pas contents.. »

Lorsque dans un salon une lecture assemble
Gens du monde et savants, étonnés d'être ensemble,
Chacun se tait d'abord, et, les yeux au plafond,
On attend et l'on garde un silence profond.
Lorsqu'on est las enfin d'attendre et de se taire,
Tout bas à son voisin on parle avec mystère.
L'un dit : Il serait temps, je crois, de commencer.
L'autre : Nous avons eu grand tort de nous presser.
Un troisième, élevant un peu la voix, demande
Quel est le grand seigneur qu'il faut que l'on attende?
Tandis qu'à la pendule attachant son regard,
Un quatrième dit : Voyez, il se fait tard!
Chacun se lève alors, on cause, on parle, on crie :
On dirait un orage ou la mer en furie.
Le poète, alarmé du tumulte des voix,
Prenant son manuscrit qu'il déroule vingt fois,
Cloué sur son fauteuil, se désole et regrette
Du président Sauzet l'éloquente sonnette.
Un bruit confus qu'en vain il voudrait dominer,
Qui ne permettrait pas d'entendre Dieu tonner,
Le punit d'un retard sans doute involontaire.
Celui qui doit parler est le seul à se taire;
Et, perdu dans la foule où s'égarent ses pas,
Le lecteur est bientôt comme s'il n'était pas.

Moins triste était le sort de notre auteur tragique :
On n'en était encor qu'au sommeil léthargique
Que provoque l'ennui de ne pouvoir bouger.
Une dame, qui veut échapper au danger,
S'approche du poète et regarde le titre
Du manuscrit, déjà placé sur le pupitre :
« — C'est une tragédie! Oh! ce sera charmant!
» Est-ce vous qui lirez? — Dieu m'en garde! — Comment?
» Vous êtes un auteur et ne savez pas lire!
» — Je sais lire pour moi... cela ne peut suffire
» Quand il faut déployer, par mille tons divers,

« Le poétique accent qui convient à des vers.
« Je veux vous émouvoir, et je vous ferais rire.
« On ne met aujourd'hui de prix qu'à l'art d'écrire;
« Et parmi nos quarante, on a beau les compter,
« Il n'est pas trois lecteurs que je pourrais citer.
« Bien lire est un talent que le ciel nous dénie.
« Mais, pour nous consoler, nous avons du génie.
« — Qui donc lira pour vous? — Un acteur des Français.
« Je ne pourrais sans lui compter sur un succès.
« — Monsieur Roland pourrait commencer la lecture.
« Sa voix retentissante est un don de nature
« Dont il fait à la chambre un merveilleux emploi,
« Quand il faut appuyer le vote d'une loi.
« — Eh! madame, sa voix n'a qu'un son monotone :
« On dirait, à l'entendre, une cloche qui sonne.
« — Et le marquis d'Arnem, pair de France? On prétend
« Que c'est avec plaisir qu'à la chambre on l'entend.
« — Lui, madame! en parlant il se perd dans sa phrase.
« Il parle, il parle, il parle, et son débit écrase,
« Comme ces lourds grêlons, qu'en nos champs désolés
« Un vent impétueux pousse à coups redoublés.
« — Si de nos orateurs vous craignez l'éloquence,
« De l'Université ce professeur, je pense,
« De bien lire les vers doit avoir le talent?
« — Je le crois dans sa chaire un rhéteur excellent :
« Mais, pour lui, la science est toujours assez belle :
« Il pense que le fard est un affront pour elle,
« Et que l'art de bien lire est un amusement
« Qui ne doit pas au grec dérober un moment.
« Pourvu que l'écolier, d'une voix monotone,
« Récite exactement la leçon qu'on lui donne,
« Le professeur content le punirait, je crois,
« Si sur le sens des mots il modulait sa voix. »

A ces mots, à l'auteur on remet un message.
Et son front radieux se couvre d'un nuage.

Sur le billet fatal apporté de Paris,
D'une voix désolée il lit ces mots écrits :
« J'ai trop de modestie, ou trop d'orgueil peut-être,
« Monsieur, pour oser lire, avant de la connaître,
« Une œuvre dramatique où tout l'art du lecteur
« S'efforcerait en vain de contenter l'auteur.
« Ma réputation sans doute est peu de chose :
« Notre intérêt commun défend que je l'expose.
« Comme le cavalier qui, ne connaissant pas
« Le coursier qu'il conduit, trébuche à chaque pas,
« Lecteur improvisé, prévoyant ma défaite,
« Je pourrais dans ma chute entraîner le poète.
« Nous vivons de prestige, et nous avons besoin
« De nous farder de rouge et d'être vus de loin.
« Il nous faut des quinquets, des planches, un costume;
« Nous avons, par malheur, adopté la coutume
« De nous emprisonner dans les mêmes emplois;
« Mais un lecteur habile est peu fait à ces lois.
« Il doit, s'il est jaloux qu'on se plaise à l'entendre,
« Se montrer tour à tour Trissottin ou Clitandre;
« Il doit, changeant de voix aussi bien que de nom,
« Être Tartuffe, Alceste, Achille, Agamemnon.
« Le grand art du débit est toujours d'être juste,
« Molière était comique en déclamant Auguste;
« Et, n'étant pas Molière, il doit m'être permis
« De craindre, qu'en prêtant à rire à vos amis,
« Je ne rende à vos vers un dangereux service.
« Ne me condamnez point quand je me fais justice.
« S'il veut bien, par hasard, douter de son succès,
« On doit croire un acteur du Théâtre-Français. »

A peine du billet la lecture s'achève,
Qu'une tempête horrible aussitôt se soulève.
Que faire? le poète, interdit et confus,
Demeure anéanti sous le poids du refus :
« S'il est quelqu'un de vous, Messieurs, qui sache lire,

« Dit-il, entre ses mains je dépose ma lyre. »
Ce poétique appel est fait en vain deux fois.
L'un se dit enrhumé... l'autre n'a pas de voix.
Vraie ou fausse, il n'est pas de raison qu'on n'allègue,
Un conseiller s'excuse en disant qu'il est bègue.
Nul ne sait lire, mais nul n'ose l'avouer.
Ne sachant plus alors à quel saint se vouer,
Au maître du logis le pauvre auteur s'adresse :
« Voyons, mon général, le temps fuit, l'heure presse.
» Lisez mon manuscrit. — Moi! dit le vieux soldat,
» Lire une tragédie! est-ce là mon état?
» Je pourrais tout au plus lire ma théorie,
» Je me suis, quarante ans, battu pour ma patrie.
» Et je n'ai déclamé, quand on venait aux coups,
» Que des — En avant! marche! — ou bien des — Garde à vous!
» Mais tenez, ce jeune homme est poète lui-même :
» De lui dans nos salons on fait un cas extrême.
» Des vers de Lamartine ou de Victor Hugo
» On ne croit, quand il chante, entendre qu'un écho.
» Les femmes, dont surtout il cherche le suffrage,
» En faveur du lecteur applaudiront l'ouvrage. »

Aussitôt fait que dit : le jeune homme charmé
De ses doigts délicats tire un gant parfumé,
Caresse, d'une main plus blanche que l'ivoire,
Sa blonde chevelure et sa moustache noire,
Et, se levant au bruit d'un murmure flatteur,
Reçoit le manuscrit sans regarder l'auteur.
Mais lorsque, pour calmer sa poitrine altérée,
Il humait lentement le verre d'eau sucrée,
Un avocat s'avance, offrant de partager
Le poids d'un dévoûment dont il sent le danger;
Mais tout cède en son cœur au désir d'être utile
C'est de nos avocats le langage et le style.
Faut-il de nos soldats discipliner l'ardeur?
Faut-il être préfet ou bien ambassadeur,

Ministre ou député, pair ou garde-champêtre?
Dès qu'il est avocat, un Français peut tout être.

On convient aussitôt du poëte lecteur,
Que de droit l'avocat est l'interlocuteur.
Il s'installe au fauteuil en empereur Auguste:
Il s'arme d'un lorgnon qu'à son œil il ajuste:
Il prend un air tragique, et quand il a trois fois
Eloquemment toussé pour éclaircir sa voix,
Il laisse à son rival, certain de son mérite,
L'honneur de commencer pour l'écraser ensuite.
(*Ici la lecture commence; le poète chante, l'avocat crie.*)
A ces cris, à ces chants, qui toujours se répondent,
Où le sens et les mots jamais ne se confondent,
Où d'un côté se traîne un débit languissant,
Lorsque de l'autre éclate un frénétique accent;
L'auteur, qui de ses vers voit briser l'harmonie,
Indigné de l'affront qu'on fait à son génie,
Se lève, et gravement prenant son manuscrit:
« Pardon, messieurs, dit-il, vous avez trop d'esprit,
« Vous, monsieur l'avocat, et vous, mon cher confrère,
« Pour ne pas me permettre un avis salutaire:
« De votre complaisance il doit être le prix.
« C'est qu'en tout, pour savoir, il faut avoir appris.
« Bien lire est talent plus rare qu'on ne pense;
« C'est le plus court chemin qui mène à l'éloquence.
« On ne doit ni chanter, ni plaider en lisant:
« On déclamait jadis; mais on lit à présent.
« Et si, par un défi vous vouliez me confondre,
« Avec Molière alors j'aurais à vous répondre:
« *Je pourrais, par malheur, lire aussi mal que vous,*
« *Mais je me garderais de le montrer à tous.* »

Paris. — Imprimé par Béthune et Plon.

MATINÉES LITTÉRAIRES,

Rue Duphot, 17.

Les écoles spéciales ne manquent point à Paris, pour former des hommes de science et de talent. Mais l'instruction qui convient aux gens du monde et répand tant de charme sur les relations de société, cette instruction qui fait mieux apprécier les œuvres du génie et devient la source des plus douces jouissances de l'esprit, il faut la chercher dans les livres. On ne la trouve nulle part résumée dans un enseignement facile; et c'est cet enseignement que nous avons voulu créer par la fondation des MATINÉES LITTÉRAIRES.

En consacrant ces Matinées à l'étude des Sciences naturelles, de l'Histoire et de la Littérature ancienne et moderne, nous avons choisi, parmi les connaissances humaines, celles qui dans la vie sont d'une application plus fréquente et d'un intérêt plus général.

A ces enseignements nous avons joint celui de la lecture à haute voix, du débit oratoire et de la déclamation dramatique. Il nous a semblé que cet art, si utile et si négligé de nos jours, était un complément d'autant plus nécessaire à nos études, qu'il n'est nulle part l'objet d'un enseignement spécial.

Notre but étant d'offrir aux gens du monde, aux femmes surtout, un moyen d'étendre et de perfectionner des connaissances déjà acquises, nous espérons que les mères de famille comprendront l'utilité de nos Matinées littéraires.

Ces Matinées se composeront pour la première année, de quatre cours ou enseignements distincts. Les séances consacrées à chacun de ces cours auront lieu les lundi et vendredi de chaque semaine, jusqu'à la fin de mai, ainsi qu'il suit :

Le Lundi, à 2 heures.

Etudes sur la littérature ancienne et moderne.

Etudes sur la lecture à haute voix, la conversation, le débit oratoire et la déclamation dramatique.

PAR **M. ED. MENNECHET**, homme de lettres, ex-lecteur des rois Louis XVIII et Charles X.

Le Vendredi, à 2 heures.

Etudes historiques sur l'Orient : comprenant les Arabes — Mahomet et ses sectateurs — les Croisades — la Chute de l'empire d'Orient — les Turcs — leur puissance — leur décadence jusqu'à nos jours.

Par **M. MILLET**, professeur d'histoire à l'École militaire de Saint-Cyr.

Le même jour, à 3 heures.

Sciences naturelles. — De la vie et des formes variées que présentent les êtres vivants, soit végétaux, soit animaux ; — Examen des phénomènes physiques et chimiques qui résultent de l'existence des êtres organisés. — Application de ces connaissances à l'hygiène publique et à l'éducation particulière.

Par **M. ACHILLE COMTE**, professeur d'histoire naturelle au Collége royal de Charlemagne.

Les conditions d'abonnement sont :

Littérature et lecture à haute voix.

Deux cours en vingt séances ou matinées. . . . . 100 fr.

Histoire et sciences naturelles.

Deux cours en vingt séances ou matinées. . . . . 100 fr.

Les quatre cours en quarante séances. . . . . 150 fr.

Nota. Un père ou une mère ont droit d'accompagner leurs fils ou leurs filles sans augmentation du prix d'abonnement.

Des siéges numérotés assurent à chaque personne la place pour laquelle elle se sera fait inscrire.

Un salon d'attente, enrichi de livres et d'ouvrages d'art, est contigu à la salle des séances.

S'adresser, pour plus amples renseignements, à M. Ed. Mennechet, directeur des Matinées littéraires, rue Duphot, n° 17.

Le bureau d'inscription pour les divers cours est à l'Etablissement, rue Duphot, n° 10.

IMPRIMÉ PAR BÉTHUNE ET PLON, A PARIS.

www.ingramcontent.com/pod-product-compliance
Ingram Content Group UK Ltd.
Pitfield, Milton Keynes, MK11 3LW, UK
UKHW020515180726
13839UKWH00005B/2105